XIAN SHENG

先生

真真 著

先行者萌发生愿称之为先生

长江出版传媒 长江文艺出版社

图书在版编目（ＣＩＰ）数据

先生 / 真真著. -- 武汉：长江文艺出版社，
2016.12

ISBN 978-7-5354-9334-7

Ⅰ．①先… Ⅱ．①真… Ⅲ．①诗集－中国－当代
Ⅳ．①I227

中国版本图书馆 CIP 数据核字(2016)第 316742 号

责任编辑：谈　骁　　　　　　　　责任校对：陈　琪
封面设计：禮孩書衣坊　　　　　　责任印制：邱　莉　　胡丽平
———————————————————————————

出版：

地址：武汉市雄楚大街 268 号　　　邮编：430070
发行：长江文艺出版社
电话：027—87679360
http://www.cjlap.com
印刷：广州星河印刷有限公司

开本：880 毫米×1230 毫米　　　1/32　　印张：4
版次：2016 年 12 月第 1 版　　　2016 年 12 月第 1 次印刷
行数：1728 行
———————————————————————————

定价：29.00 元
———————————————————————————

目
录
_____

Contents

先生

沟壑与城墙是世界虚设的词

只要深深爱着，困难是没有的

爱的宇宙宽阔博大

在这里，先生是萌发生愿的先行者

思想在它思想的轨道运行，不再惶恐

在它淡定的天空看到无限

晨光已粉碎灵魂的枷锁

黑夜在呼唤声中遁入泥中

看吧，涌入的江河丈量你心海的宽度

在你微笑的长度里歇息

在春暖花开的海边耕种

正因为生命的虚无，我们在不断创造中更加充盈

禅泥

我从南方带了一撮土到北方
以备水土不服饮用
我在北方取了一小包土回异乡
以备思念发作时疗伤
那天，你加水将它们揉成一团
从此，不分你我他
没有了北方与南方

2016.8.3

一本蓝皮书

一本放了二十年的蓝皮书

那天，在境界美学茶会上想起

我从未翻动过它

它像不朽的朽木站在朽木之上

那里居住着鲁迅、孙中山、海德格尔、东荡子……

他们在不存在与存在之间静默

他们有他们的姓名

时间也有时间的笔名

我们在事物上忽略的细微

正是他们像孩子般的喜爱

我们活在梦的梦里

他们已逍遥于梦境之外

什么是空洞之物或虚无

我们一概不知

我们的生命只是一把无知的腐土

正因为生活的毫无意义
我们却像劲草那样坚持活着

伊宁，神灵轻吻的地方

心灵要去的地方是心灵熟悉的地方
那里有被雪水浸泡过的太阳
是你肉眼无法逼视的光芒
你说梦寐已久却从未抵达
你说那里有戈壁沙漠、草原雪山……
你还在犹豫什么
去看辽阔的紫海，吐露薰衣草的芬芳
去轻吻赛里木湖天使般的眼睛
一滴泪醉饮了过往的客人
蔚蓝的天空如袒露的日子一样纯真
在远处，牛羊背着一抹夕阳
走在归来的路上
牛粪的清香随微风袅绕，在伊宁
七月流火的大地上

我们历经地狱之火而达到天堂

梦想的故事，似孩子慢慢翻开的图画

2016.7.10

上帝手中的箱子

从哪里来到哪里去
头顶星星闪烁迷惑的光芒
每颗尘埃微笑成昨日风景
紧抓的生命是孤独的行囊
在喧嚣的街市呼吸着贪婪与嫉妒
将我们围困的森林及沼泽地
盛开着玫瑰与丁香
气泡与花瓣的颤抖吞噬我们
我们犹如幽暗的渠水
从一条渠沟流到另一条渠沟
我们就这样折腾、奔流与生活
黑夜隐藏的苦痛在白天打开
如同开启上帝手中空空的皮箱

万物消融

谁在荆棘之地爬行

谁又在黑夜的漩涡下沉

我们这群在劫难逃的人

像屈膝跪下的骆驼，载上负重行囊

在黎明的一声吆喝声中上路

驼铃声在招魂的悠扬中铺展

烈日晒过它背部坚韧的谷场

沙漠的气温持续上升，死亡的号角还没停止

四处逃亡的青烟挤破喉咙

中午接近暮色与坟茔

最后一滴水如刀枪逼近胸口

爱与恨在流淌、消融……

万物毁于饱满

股票除权日

六月飞雪

午后凝固成冰

一场战争在无声中划出声音

喧哗构筑了我们的记忆

旗帜折断颤抖的心

在这里，你应该知道

只有果实在枝头或在粮仓

没有掉下的时候

一个声音覆盖无数声音

却无法抵达心灵

沉默的双眼饱含鲜红

在祖国的怀抱血流成河

爱你的人背叛了自己

在诅咒的拳头下不愿离去

既然收获，还在眷恋什么

我们被你深情地爱着，却一无所知
如食乳孩童

2016.6.24

新疆，我来了

盛夏的热情在眼前开阔成草原
有名或无名的花朵使我身陷芳丛
我徘徊在伊犁河畔
哪怕丑陋一生也要在你那里呈现
阳光下，看低头吃草的牛羊成群
恬静，悠然自得
你高举的鞭子划过云层，如童年闪亮的笑容
开启我锈迹斑斑的心灵

2016.7.15

天堂与地狱

什么可以降服那头少壮狮子
又有什么可以拯救那个贪得无厌的人
你千万颗心生于卑微毁于饱满
多少人尽其一世抑制自己愤怒的国王
多少人穷其一生忏悔在世上犯下贪婪的罪行
爱与恨一直在你左右
我曾为它们诅咒与赞美
它们生于冰川死于盛夏
它们是一对孪生兄妹
它们有着各自的名字
名叫地狱的来到天堂，却看到自己仍在地狱
名叫天堂的来到地狱，却看到自己仍在天堂
请不必再去寻找
其实，天堂与地狱都寄居于你的心上

2016.7.19

秋天

树叶惶然掉落时

触碰你宁静的湖面，没有涟漪

我迷失于秋节的忧伤

统治手中的笔在周末暂停键上

诗跃然于纸上如子弹发出

穿梭于树林、河流与村庄

停歇在半岛小鸟的羽翼上

鸟鸣声唤醒篱笆边的蔷薇

羞红的脸泄露昨夜的心事

爱一如低头的河流

在唯我独尊的世界听命于你的存在

2016.8.21

七月的伊宁

一朵花掉下

还没来得及亲吻大地

已被七月飓风席卷而归

在这焰火盛宴的季节

我看到灰烬无比幸福

我热爱那飞扬的微尘

亲近万物贴近你的面容

伊宁，让我用七月的指尖触摸你思念的泪痕

在灯火转身时我看见你的笑容

你是我回头时遇见的眼睛

我在惊慌中平静，在平静中醒来

七月是条绚丽的河流

我从镜子里看到我着火的青春

如一条彩虹跨越天空

是你牵我走过辉煌顶峰

2016.7.21

如果你策马归来

多少企盼的眼睛立于天山之上

日夜的思念已高过天空

如果你策马归来

一定路过那宽阔的牧场

盛开的花朵是遍地牛羊

洒落的晨光喂养展翅的神鹰

你脚下每条水草生长着春光

你踏着光芒 —— 来吧

姑娘们捧出葡萄像红宝石一样迷人

翩翩舞姿盖过天边黄金麦浪

你踩着旋律 —— 来吧

在旋转的宇宙有你恬静的先生

已张开七月的臂膀

拥抱你风尘仆仆的灵魂

2016.7.24

我的生活

你在失去时体验到了快乐与痛苦

但我知道有一天你会在泥泞中安稳站立

你的手会像昙花在夜间一现

孤独与漆黑的长河洗净你的污垢

在日夜守候的窗前唤出灯光

你的爱已在曙光中开花

果实已在正午时分献上

你从此不再羞愧难当

黄昏时分，倦鸟归巢

启明星从西边隐现

你又将果核埋在地里

2016.7.25

把我们当成恋人

我真不知道用什么言语来赞美你

我只会在你潮湿的眼里感动

阳光从高处普照过来

雾霾的日子就要过去了

飞鸟盘旋在喜悦里

万物欢畅在母亲的怀抱中

漫长的夜晚你依然精神

如天神守护我们

还有你柏拉图式的爱情

我见证了你挫伤的心

伤痛使你更加热爱

幸福的泪水，在你炽热的心灵喷涌

2016.7.28

心若有爱

我们怎能让你不再忧伤
哥哥啊
你卑微如泥土
深情鞠躬时已饱含泪水
背影随轮椅缓缓远去
远成一颗星辰，在黑夜
我的心在碎，碎成一滴泪
心若有爱
心便慈悲

2016.7.29

沸腾了，伊犁

草地布满了星星

旷野的风吹送流连的客人

羊群发出嗷嗷嗷的欢愉声

姑娘小伙跳起了十二卡姆

脚底升腾牛粪的青草香

一条美丽腰带舞动了草原

欢歌笑语惊醒了沉睡的大地

天空在聆听，星辰在聆听

日暮时分，福寿山脚下前所未有的壮观

千人宴如海洋般欢腾

高举酒杯如同举起千万个太阳

万物欢呼，先生归来

2016.7.31

年轻

我老了，但我依然年轻
我们不再隐藏爱或羞于言说
青春的头顶露出几根白色火焰
在白天分外光明
燃烧过的地方都充满智慧
无情岁月似出鞘的剑
在你完好的肌肤刻下轨迹
西风凋落你的记忆
在白雪皑皑的头顶
我又看到你奔跑的青春

梦话

你走进我没门的房间
在我对面坐下
我们从未说一句话
我们却述说了一生
你的微笑像孩子的眼睛
在静谧的夜空闪烁
又在毫无察觉时消失无痕
知了沸腾了夏日的早晨
我仍然咀嚼着莎士比亚的梦话
我们的梦是用古老美学同等材料做成

婚礼

夜半的婚礼还在进行
深夜的盛大犹如正午
陌生的脸有着熟悉的笑容
那对新人是谁
我不认识，我只是一个花童
捧着鲜花走在新娘的身后
玫瑰在黑夜里叹息
婚姻的伤口很深，愈合需要一生

世间，我来过

我们在诅咒或赞美中度过
我们在黑夜里繁衍生息
在忙碌中创造与散失
我们不配拥有或获得
空手而来孤单而去
孤独是我们永恒的旅途
沙漠中只需一滴水相伴
事物层出不穷时记忆衰退
最终如孩子只记住了糖的滋味
就像这世间，我来过

母亲

年轻的母亲像一个救火队员
整天奔走于村里吵架与纠纷
多少战争都在善解与妥协间停止
一直活在虚无的焦虑中的我
经常在夜半惊醒
又在她均匀的呼吸声中安睡
直到那天哥哥突然离去
她那万念俱灰的神情
使我忐忑的心又悬在半空
这一生，我不曾惧怕风雨与山洪
我只怕你流泪的眼睛
母亲啊，你是我内心最柔软的痛
不敢触碰，也无法愈合
无论何时，只要听到你爽朗的笑声
我就沐浴在万里晴空

父亲

木匠与诗人都源自于手艺
一个是修理家具，一个是修补心灵
我不知哥哥为何不做木工，而去做诗人
父亲也是这样想
一对父子如同一对仇人
一见面就听到爆炸的声音
你知道杜甫死了埋蓑土？
如同一把斧头非得将一块朽木劈开
飞起的木梢犹如愤怒的鸟
不断地啄着他的胸口
儿子从不言说，只默默爱着诗歌
后来，他才知道"埋蓑土"的意思
然而父亲却永不知道
为何朽木不朽
就在那年秋天，哥哥终于将这句话带走了

悔恨的爱在他老泪纵横的脸流淌
残缺与漏洞像撒向空中的网
在他无助的意识里捕捉影子
又见到幼小的儿子，从生死状的船头爬到船尾
他从未因此而骄傲，仍然是不亢不卑地活着
正如他手中贴近木块的黑线
将黑色的真理弹在木头上
在锯子的拉动下，墨线越来越短
如同他瞬息即失的暮年

诗人归来

端午挂菖蒲、艾条是将邪气拒之门外

饮雄黄酒是以毒攻毒

在诗人钻石般沉眠的地方

祖先像撒下种子一样撒下粽子

成群结队的鱼儿

摇着沉痛的尾巴赶来

在水中打开虚伪外衣

浓香于真理般裸露

在这浓情的五月

父辈们吆喝着撕开端午的疼痛

随龙舟游离于天地

啊，魂归故里的汨罗江

谁又在淡忘中忆起

谁又在时光老脸驻足

思念由远至近拍击、响起……

窗口

低头俯视鱼池游动的鱼儿
映着蓝天白云、栀子树……
在这个立秋的正午
太阳如一枚铜币镶嵌镜中
我从这个窗口看到了宇宙的眼睛

2016.8.6

我们

我们怀揣贫穷的心走在乱石中
我们在黑暗中共创光明
仁慈、公义与真理融入我们
我们平凡如一株野蔷薇
伴着烈火与寒冬
寂寞与孤独一直居在心中
我们不见面却并肩于同一战壕
你沉默不语，但我能听见你的笑声

2016.8.7

爱情

我想象过爱情
仿佛盛夏的火焰
它带着激情，光芒依旧孤独
舌尖舔过天空，吻过飞禽
鸟儿的歌声安抚它忧伤的心
相思如把竖琴在月光下倾听
翅膀弹拨的琴声在幽谷流淌
别停歇，屋檐下歌唱的小鸟
我要听你胸膛发出爱的颤音
拽着我的灵魂飞向上空

七夕

传说中的爱情让人神往

七月鹊桥边有多少徘徊与缠绵

黑夜给懵懂少年增添神秘

那是年少时最为开心的期待

躲藏在苦瓜棚下或漆黑的窗口下

在每次好奇的等待中酣然入睡

在每个七夕的轮回中逐渐丰满爱情

你错过怦然心跳的牛郎织女会

但你从未错过爱情

每当爱情转身时，你便看清了自己

2016.8.9

善意的谎言

隐瞒，另一种欲望的升起
人生看似梦幻泡影
花朵的一声叹息，就是一个世界消失
真理总是在不存在中存在
犹如上帝闪电的手指，所指之处
谎言在灰烬中言说真理

无声

轻盈的灵魂是你手中转动的经筒
在佛前袅绕的青烟里慢慢升腾
当撕碎的天空布满泪痕
泪已成诗，深爱却无声

我爱你

从未知道你时
有人与我说起
是爱与真理的化身

当我见到你时
看到你热爱万物
看到你饱含怜爱与赞美的眼神

当你转身离去
我泪水充盈，光芒穿越心灵
照亮黑夜里的人们

说爱

你因爱而来，因美而去
当你选择爱时你已成为爱本身

宇宙的密码就是爱
而我们却是爱之化身

世界本来很简单
有爱就可以通行

云

唯有那拒绝诱惑
热爱日常的人们
就像日月星辰上行走的云
悠然自得，漫步从容

哥哥，你不必忧伤

一个人要经历多少才能成为人
焚烧多少束缚才能获得自由
有种声音穿过耳膜
他们扭转头颅装着仍然没有听见
你要有多少双耳朵
才能听到痛苦的声音

在那闪亮的树叶与河流上
在我们的血液与骨髓之上
已刻上你的名字
我们生来只为认识与呼唤你
因你的力量使我们找到前进的方向

你孤独寂寞的内心我们早已看明
忧心忡忡，夜寐难眠

如果我们的歌声能驱散你心头愁云
我们愿是那只婉转的百灵
唯能看到你露出平静喜悦的笑容

星火

我见到黑压压的群蚁逃向天空
是你擎起的火把照亮了黑夜

我见到火焰在空中熄灭又亮起
我见到北方的人们奔走于火尖

他们投身火海在灰烬中闪烁
一点星火就是一个燃起的太阳

醒来

雨水降落时撑起伞
只为听那飘渺的梵音
敲击我腐朽的肉体
还有那执迷不悟的灵魂
在袅绕的轻唤声中睁开眼睛

向日葵

把太阳绘在纸上时
天空已栽满了向日葵
把天空画成大海时
鱼儿已穿梭于云端

辽阔田野埋下梵·高脚印的种子

给予

是谁赐予我们儿女、五谷、钱财
是谁赐予我们欢笑、爱情、雪花
是神
至高无上的爱与光芒
他挥动公善的手掌，就给予了我们
一个宁静、丰盈的世界

拾起就可以爱

爱是一棵树

根伸延到岩层，依偎大地

枝伸展到海边，拥抱大海

爱的落叶飘扬

如同磐石中的泉水

你拾起就可以爱

神从不出声

我们滑过的河面，已冰雪消融
丢失水底的石子，是我们藏得最深的秘密
忧虑是什么也就是没有的
充盈是什么也就是虚空的
我们从平静中来又从虚无中离去
我们祈祷什么呢？
神从不出声
它只爱着掌上静默的土尘

一片树叶

梦中，一片树叶述说着它的孤独
醒时，却成了那片含泪的黄叶
把心事洒满梧桐，落叶纷纷
仰望的脸感受着跌落的柔情
呼吸着叶片的辛辣滋味
触摸的气息接近于死亡与快乐
纷飞的叶子是持久的欢乐
它们围绕我卷起一堆热情
我如同一片轻薄的羽毛
跃起又卧倒，翻滚又竖立
体验生命的轻盈与浮力
我是那片泛黄的树叶，饱经沧桑
在最后冬日的炉旁，燃出春天的光芒

生命如风

你倒在光阴怀中，又将自己扶起
如水的年华消逝在风中
迎面拥抱的是自己的灵魂
别再追赶
那些跑在前面的人，已不再回头
如果你知道生命如风
抵达与途中有什么不同
得与失又何必分清
从容的内心便是丰盈

返璞归真

当你的歌声徘徊在山巅，沉迷了
归巢的小鸟，请告诉我
是茶屋飘逸的清香迷醉了它的脚步
还是鲜花与丰盈的葡萄，陶醉了芳心
太阳将大地装扮成七彩姑娘
万物欢呼，大地发出邀请
海潮的热情在黑夜前退却岸边，静静等待
千万船只归来，栖息你宁静的臂弯

走吧，我们一起去北方

大地啊
请允许我为你写下最后的颂歌
我是个没有了梦想的人
被昨日的暴风雨卷走
被天堂的闪电焚烧
被爱的泪水浸泡
如果你要栖息在枝头
就和我们一起去北方
你不要再仰望天空
云朵已经在出发的途中
那里的土地肥沃，平坦向上
那里的人们善良，纯朴热情
那里的一切，神灵早已抚摸与赞许
请带上你的锄头与行囊
犁铧已掀开了喜悦篇章

奔走相告的浪花在大地上洒下种子
是伊宁雪地发芽的笑脸，遇见春天
是霍尔果斯勤劳的露珠，浇灌田亩
在你们黎明的祝福声中抽穗
在风传授花粉的午后，果实饱满
你看吧
成熟的稻谷总是低着沉默的头颅
在镰刀的一片赞叹声中，颗粒归仓
走吧，我们一起去北方
不要继续抱着那腐朽的木桩
擦去你心窗的灰尘
前行路上，已灯火通明

群蚁

一种声音踏过心坎

从眼睛里生出火焰

一场战争即将爆发

没有刀剑与硝烟

败北的我是个愚钝的新兵

内心总有莫名的欣慰

所谓预谋在阳光下瓦解

群蚁在融化的红糖里挣扎，生死未卜

欲望的缺口有多大，痛苦就有多大

腐朽的内核仍在蔓延

贪婪从未止步

烟斗

生命随青烟上升
无声的温柔似空空的烟斗
此刻
那个流泪的人有颗喜悦的心
毫无忧伤地忆起那些事情

梦无痕

梦中的奇遇与梦醒的惆怅
说来亲近却又是那么疏远
人在失去更多时反而越平静
哪怕在梦中获得也会在日光中消失
那些只是我们黑暗中潜伏的事物
在一个自由的世界呈现
在正午消隐或出现影子
在昨晚雪地的梦里
你转动着滑板划出轨迹
如鞭掠过天空

伊犁河

在伊犁河畔

山水都很冷峻与孤独

一只天鹅看不到另一只天鹅

每只白天鹅都很孤独

这里有如天堂般寂静

四处明朗，宽阔

雪花落满你的外衣

你依然静坐在河边

河水还未苏醒

鹅掌已拨开了它的眼帘

你从湖水看到你火热的青春

在白雪覆盖的黑暗里转身

黑与白将世人分清

谁又在它们之间飞奔

谁也没有看清

谁都是一个孤独的人

谁

为何总在黑暗处行走
在潮湿的地方发出声响
阳光下你只是一个阴影
请不必潜在深水中伸张利齿
他满身的伤口似盛开的花朵
少或多个痛苦都是痛苦
没有什么不同
水与血相融，你难以分清
正如你由那滴水而来
在母亲的腹中如何长成血骨
倘若你从不怀疑真理
何必掩盖脸而露出你的尾

劳动者

从一块铁板架起的桥梁
到脚手架攀爬的高空
粗糙的我们沐浴在晨光中
汗水擦亮晦暗的日子
愁苦的脸已披上笑容
在劳作的炉膛铸造荣光
在轮椅转动中感受旋舞时空
我们没有听到你痛苦的喊声
然而，满天星光，是先生
给予我们的那个远方……

妈妈，我在这儿

坚硬的疼痛与酥酥的喜悦从脚底开始
赤脚奔跑的道路留下一串童年的问号
为什么知了不停鸣唱把夏天拖得悠长
为什么蟋蟀总躲在阴暗处或草丛中日夜歌唱
日子一天天从头顶掠过翻落一片片金黄树叶
疑问让你在疑问中长大
也不知什么时候开始
几株忧伤的大蒜在贫瘠的盆景里撑起了城市的一片菜地
池边的蛙鸣声叫出了世界的轰隆的喧嚣声
一株小草长成了凝望亲人的石头
童年的痛苦是太阳无法照射到的阶梯上的青苔
无论我在哪里都能看到两条清澈的河流
洗刷着每条细小的血管里的淤泥
在鸟儿栖息的鸟巢
看到美丽飞越宁静的森林、沙漠与冰川

在船只停泊的港湾
听到温柔穿越平静的田野、河流与村庄
在你我不安的灵魂里总呼唤着
妈妈，我在这儿

光

你把石头凝结成一个明亮
你把月亮掰成两块石头
你用石头敲击着手中月亮
发出"铛唧、铛唧"声响
洒落满地银辉
顷刻
声音从四面八方响起

灵意

阳光普照的地方充满温暖与喜悦
时间静静地走过从不留下痕迹
也不逗留于事物
物质构成的世界里我们只是一颗旋转的微粒子
你看到的茶它是水
你看到的瓷杯它是泥
我看到的你是破土的生命树

紫梦

黑夜里你将一颗种子埋在土地
星辰为你松土
夜露为你滋润
在阳光鼓舞下它撑起绿色风帆
一路盛开的紫色花朵如一首经典绝句
在鸟儿栖息的枝头已果实累累
是谁在不经意中弹拨一个紫色梦幻
被天真的知了洞察破译了夏天的神秘
嘹亮的嗓子奏响一个热闹而又盛大的季节

2015.5.14

神话

当神话不再是神话时
你已成为神话
当预言已经遇见
没有做不到
只有想不到
当英雄无数次跌倒后又站起
英雄不再只是英雄
他已成为神喜悦的对象
顶礼膜拜的圣歌朝朝暮暮
思想与行为创造了奇迹
世界不再是你想象的那么神奇
世界没有秘密
但我们需要秘密
创造仍需坚韧不拔，匍匐前进
一切的一切，于无声处

2015.5.16

浅笑

我看到你在冬天的河水里游动
山头从水中冒出
呼吸系着远方
听到母亲说你从小皮肤白皙
是的
一对白色翅膀拍击我沉睡的窗棂
——阿斯加
你很久前已经去大海了？
怎会在家乡的小河浅笑

无限

从这里到那里有多远
那只是从点到点的距离
眼睛所看到的尽头并非尽头
如同生命只是一段有限存在
死亡之外却是无限空间
一切存在的不存在
不存在的依然存在
一切有限的却是无限
无限的依然虚空

心在哪里

智慧的大门紧闭着，枷锁禁锢着
心上的尘土已筑成了城墙
密不透风也无法翻越
我们用力砸着枷锁，铲着高垒的墙
直到手指流血不止，无力高举
死亡在一步步逼近
一条很小的缝隙里透着城墙那边的光
流出的血液隐约传来微弱的呼吸声
一颗心呼唤着另一颗心的回应
一面镜子照着另一面镜子的自己
呼唤的声音越来越颤抖
似冬夜的北风吹过光秃的树枝
发出吱吱的声音

得救之心

心开始变得柔软了
越来越靠近上帝了
慈悲是一种力量与觉悟
不会因你贫穷而减少
也不会因你富有而增加
只因妄念让你迷失本性
如果放下一切石头般的执着
就可以返回本源
用柔软的心感知
万物都有一颗寻找得救的心

腊八节

我看见挂满树枝的杨桃
在我漫长的孤独里

神让我坐在下午的柔光中
我在这里和你们一样恬静

只为爱

一块石头因岁月的洗礼雕琢出价值连城的玉石

一片树叶悄然落入杯中

演绎着沁人心脾的亘古茶道

一代代人口口相传或记载着的历史

诠释着一个古老民族悠久

还没有找到真理本身

只因遗失了真理

才会去寻找

爱就在我们身上

一如绵绵细雨润物细无声

一如无影无形的空气无孔不入且悄无声息

幸福在高喊时消失

永保和平是人类的天真

当一切存在只为爱而存在

世界就像黑夜大海里升起的太阳

因爱而活

你说不知因什么感动
两眼常含泪水
你说心里装满爱
就能容下一切
你说那个装睡的人无法叫醒
为何你从未停止呼唤
当一双眼走不进心灵，还能走出黑夜
当一双手牵不到另一颗心，还能走向远方
如果一切从未发生或一切已将失去
无所谓是非执着
只为爱而活

随梦

从秋风中拾起磐石
垒起的水照见日月如梭

波浪困住了我的脚步
我弯下腰拾回那枚白色贝壳

轻轻将它拭去满面尘埃
慢慢打开，一个嬉戏的童年

昙花一现

老人说，今夜昙花就要开了
我从未见过昙花盛开正如未曾见过自己绽放
花朵撕裂黑夜的声音，犹如
骨头发出的响声
昙花在黑夜开放，白天凋谢
我们在光明中来，在黑夜中逝去
就像昙花遇见自己

大海

沙滩上的脚印被海浪勾销
过去、未来已将空无
浪花覆盖喧嚣白天又洗刷宁静夜晚
我们站着的地方是我们的热爱
我们在这里出现或消失
无法修饰的波浪带走了沙子又送回岸边
我们迎头追赶的又在追赶中遗失
一滴水要跳跃成浪花，它已达到了彼岸
一颗心要跳出自我，它已抵达了远方
为什么一定要抓住时间，时光就是流水
日子有如大海波光粼粼
照亮我们归去

秋后

我们赞美万物时同样为镰刀写下颂辞
镰刀在劳动中闪烁寒光
在这里砍伐野草又在别处收割庄稼

踩踏的地方必定有道路通向远方
汗水洒落的土地一定会物产富饶
冬天播下的种子在春天长出耳朵与眼睛

它们听过的祝福，没有留下声音
它们见过微笑，没有任何痕迹
秋天，镰刀收割痛苦与喜悦

秋后的田野宛若我的暮年
落日苍凉步入冬天河面
仿佛黎明踩着猫的细步悄然而至

马儿

绿色的风吹拂你绿色的肌肤
你仿佛看到他牵着马从山冈走来
那匹白色的马无声摆动尾巴
如乘风致意归来的朋友
在它熟悉的河边低头饮水
喝着水中的红房子还有那条荡漾的缰绳

诞生

孩子，你带着鲜红的喜悦到来
我在草地、房间
甚至在废墟或僻静的角落窃喜
我在阳光下及睡梦里
总能看清你高举的红色拳头
听到轻轻划动的背后
一个婴儿从丹田发出的呼唤
嗓音轻柔而又气贯大地的一声啼哭
如一个孤独者的誓言
透过我厚重的心灵
伫立在晨光中

圣诞节

圣歌唤回迷失的羊群
钟声回旋在圣堂上空
仿佛光芒散落大地又回到高处
昨夜雪花覆盖今天的脚印
喧嚣在过去的伤感中，归于平静
一切从头开始
爱与恨回到出发的舌根
在最后的忏悔声中赞美神灵
雪地启开平安大门
在今夜的银光中，看到那位谦卑老人
他怀揣去年喜悦，送上新年祝愿

耍蛇者

不管你如何熟悉眼镜蛇习性
但你依然要小心
当它竖琴一样立在你面前
别伤害它，尽快离开
它会按自己的意愿在洞穴或荒野栖息
或许在稻田捕捉老鼠
成功捕食足够它一个月生存
它会在一次次蜕变中复活
冬眠的河流躺在笼子里
有人在它苏醒时盗取了它的毒液
有人在大街上舞动它的青春，兜帽摆动围观的眼睛
耍蛇的人，蛇也会耍人
它来自伊甸园，它有着人类一样的灵魂

年初七是情人节

鱼池那对接吻鱼

在一个明媚的下午莫名消失

说起情人节，我就想起它们

昨天气温高居于寒流之上

外面晴朗干爽，室内潮湿积水

直到年初七的早晨

风儿踮起脚尖舔干了地板、墙壁的泪痕

浓郁的油菜花替代玫瑰尊荣

一步步向我靠近

黄色的花朵像美人痣印在心上

只因爱情如死亡般坚强

所发出电光之金色

爱情，神赐予的烈焰

洪水也无法淹没

强大

一根看不到的刺想成为骨头

轻微的触摸疼痛会绕到你脚底，难以站立

一粒沙子飞入你眼睛想成为光明

轻轻眨眼就会让你泪眼模糊

然而，几个飘渺的汉字比清风还轻

迎面而来时就会把你的真诚碰得粉碎

庞大躯体与强大思想

为何就承受不住这生命的轻击

巨人倒下，几乎都因为无声与微弱的侵入

2014.12.5

诗源头

你从上帝身边带正义与公理心而来
诗歌是上帝撒在人间的一颗种子
那一片绿叶转眼就覆盖整个大地
人们穿越布满荆棘的道路而达到真理
真理如一块坚硬的石头敲击你陶器般的躯体
脱口而出的一首诗
抽打城市森林扎满钢筋的腿
一个个汉字或音符如同石子的头颅
砸向黑暗大门
点点火光藏在苍穹漆黑脸上
在夜晚静静发光

栖息地

荔城，你丰满裸露的乳房喂养一个远方游子
他漂泊已久，已疲惫不堪
你用上帝的仁爱将他安顿在你掌心
度过一个颤抖的寒冬
那年，他多么温暖愉悦
你又将滋润埋藏在这土地
在阳光普照的这个早晨
它破土而出，芳香四溢
是你无声的笑容送来一个响亮的秋天
声音从北回归线穿越这片郁绿、安静的荔枝林
轻轻掠过美丽的增江、赤磊河、爱琴海……
唤醒沉睡的荷马、歌德与但丁……
他们仍在睡眼惺忪地眺望前方
还有那枝头打盹的鸟儿，拍打翅膀扑向蔚蓝
小鸟在寂静的纸张上谱成黑色的音符

奏响美妙圣歌

回荡在尘世与天国

人们在诗歌季节赶在黄金路上吟唱金色的史诗

荡气回肠悠远无穷

丰收的脚步如潮水般涌向这片神性的土地

欢腾声仿佛雪花飘落，似星空般宁静

这里啊，秋高气爽，万物安宁

一片树叶掉落带来一个诗人诞生

上帝怀里

你们坐在上帝的怀中畅谈诗歌

黑夜像滚动的烟头

一个接一个吟诵一首首诗篇

闪烁的词语像一块块石头站在天空

把夜晚黑色的晚装燃出一个个闪亮的眼睛

丝丝吸动空气的声音

像流水蹚过村庄干涸的一片庄稼

一个烟头熄灭在手中

另一根烟又在嘴边亮起

如同你们的朋友从你们身边消失

又从你们身边回来

似乎看到一个少年

从那条清清的河流蹚过

又爬上泥泞的岸边道路

在七月流火中一去不返

你们从未发出一声声响
香烟还在悠悠燃烧
仿佛黑夜里一首首唱响的诗歌

看到亚当

卸下虚伪

走在返璞归真的石板路上

一眼看到几间错落有致的茅草房

四面通风的墙宛如孩子通透的心

屋檐坠落的瓜藤静坐在禅房客人的上空

我们一起读书，聊天，品茶……

一起聆听植物节节生长及内心缓缓回归的声音

空气在风中流动，忘却城市躁动喧哗

心在自然中流动，忘却年华疲惫

这一场倾盆大雨，我仿佛听到远方宁静

伊甸园里未苏醒的蛇，还有纯净的亚当夏娃

诗人笑了

一阵秋风吹来，吹落我眼中饱含的泪水
一首歌曲飘来，飘落我心中常痛的一页
诗人死了，鸟儿飞了，爱你的人还在
那女孩弹着吉他不停吟唱
歌声盘旋在上空，落在墓碑
诗人死了
诗人笑了
他站在空旷墓地
张开笑脸拥抱来自五湖四海的人们
无声的灿烂敲碎人们心中坚硬的石头
分开迎面而来的阳光洒落一地碎银

思想者

一个诗人靠灵魂活着
然后又依靠思想探索前进
泥泞的道路留下深浅不一的脚印
旷野的树不停地摇动它的枝条
我站在那里看它不安的姿态
犹如我起伏不停的心
不知为什么要有思想
正如不知"地上没有路，人走多了，变成了路"一样
此时的脚如同树根扎根在泥土里，不愿离去
但我想一直待在这里
心甘情愿聆听你高处喧哗或低处沉静

英雄啊英雄

人们站在英雄墓前脱帽致敬

他们却满脸默然注视前方

昔日沙场的敌人像往日好友前来献花

他们曾经愤怒的眼神变得那么虚空

如果你们为人类和平而牺牲应获得至高无上的冠冕

如果你们因一场罪恶战争而死亡应罪孽深重

英雄啊英雄

为何你坟前花朵不停颤抖它的头颅

为何夜半风声酷似你忏悔的声音

2015.1.1

雾霾

早春如猫的脚步悄然而至

三月的雾霾将世界笼罩成一片废墟

万物蓬勃的生长仍然遮不住浑身喜悦

潮湿而又发霉的日子里

鸟儿叫声依然清脆、干爽

世人的痛苦仿佛一只委身于后的猫发出毛骨悚然叫声

你前进时，它前进

你停步时，它止步望着你

你转身蹬脚时，它倒转头看着你

你假装什么也见不到

这时它的尾巴一直竖在你心头晃动

难道这挥之不去的雾霾就是人类诞生的罪恶

2015.3.11

它展开羽毛

我盘腿静静坐在那里

微闭的眼睛紧盯着鼻尖

气息自鼻孔到丹田自由地来回游走

自由是多么流畅而又简单

快乐又如此自然而又纯净

一呼一吸的世界没有干扰与纠缠

安静地聆听它欢畅与周而复始的均匀规律

不知不觉的心已栖落在枝头鸟巢

小鸟静静凝视小鸟

突然，它展开羽毛向天空飞去

静谧的晨光洒落在它翅膀，我的灵魂之上

2015.3.28

夏天早晨

一声蝉鸣撕开夏天宁静的早晨

打翻的村庄像沸腾的水

飞禽走兽往返穿梭发出各自的声音

然而一只黑燕子静卧在路旁

聆听来自天国的声音

还有不少蚂蚁从它身边忙碌转动奔走相告

是昨晚一场风波让它死于非命

它像一个庄严的勇士耸立在这个清晨

人们不由自主向它注目致敬

像告别一位年老长者

它犹如一个句号躺在大地

圆满来

圆满去

知了的悼词

把夏季拖得悠长盛大

虚空

每件新鲜事物都是陈旧事物
每句不同的话还是重复的话
所谓的未来也就是过去
你眼看到的简单却是你内心的复杂
你所吃喝的那只是你渴望得到的微乎其微
为何生活富裕的人总是焦虑与不安相伴
贫穷且勤劳的人总是拥有平静与恬静的睡眠
一个年过百岁的人若痛苦地活着
倒不如胎死腹中的婴儿
你所见的繁花那只是昙花一现
这世界本是虚空
你又见谁抓住了风

2015.3.3

灵魂是鱼

在沙漠里痛苦挣扎的人
烈日慢慢抽干身体的水分
干渴的嘴唇宛若两条干涸而又废弃的河堤
河床的水一点点在消失，生命在缓缓地往下沉没
又似乎看到那条宽阔的河流
儿时的伙伴在那里游泳戏水
仿佛看到那条涓涓的小溪
清澈的水底成群的小鱼快乐地游动
灵魂是鱼，要游到母亲美丽的子宫
静静地卧在水中

进入绝对自由

你说"走自己的路，让别人去说"
你到过最冷的北方与南方
在雪山、冰川、树林、洞穴寻觅
当你停止找寻时已找到
你漂泊于那条河流在进入大海时消失
又在消失后存在
难道你是那片晨光位于天国的上空
居于九天之外或至高的高空
你在笑，在白天与黑夜里
在尘世听不到你的声音，只有明亮的光
——在太阳之上

鸟巢

你携带着光，回到原来出发的地方
生命气息永不停息，永不灭寂
你游荡在鸟巢之外
你看到睡梦中不同的脸孔及笑容
时而行走，时而飞翔
时而欢喜，时而恐惧
犹如一尾鱼在两岸之间游动
犹如海鸥盘旋天空又俯冲大海
你已疲倦，收拢翅膀
安静地躺在鸟巢里

爱的力量

闪电雷鸣，山摇地动

人类胆怯地躲在容器里颤动

哆嗦的嘴开始不停祷告

忏悔也就是人类最大的智慧与觉悟

看到灵魂在雨水中隐隐约约地游动

每一个继续的呼吸就是一个闪亮的逗号

在逗号的河流里游泳，挥动的手脚是一个个精彩的修辞

人只是在世界路过，所有的遇见或遇不见都是必然

人只是匆匆地经历时间，所有的时间都是一样不会为谁快或慢

爱的道路是一条模糊之路

你说得清的，它也不是爱

付出一丝爱，就能编制千丝万缕的爱

冷酷再强大

也没有一丝爱的力量从种子里发芽撕裂出来

遥远就这样形成了

自以为是的人，终将是自己击倒的人
自作多情的人，终将是束缚自己的人
他一路奔跑跌倒后，泪流满面地宣读自己的孤独
愚顽的人啊，你离遥远越来越遥远
你从不回头看看，那一双双企盼与爱怜的眼光
你从来也听不见赤裸与真实的言辞
你一意孤行，远离地心
奔向天边的那束光，那片海市蜃楼
此光与彼光，此岸与彼岸
并非千里之遥，只是一念之差
愚顽的人啊，你离遥远越来越远

偷爱的人

我见过很多鱼
但从未见到肤色各异而如此相恋的鱼
它们长久锁住亲吻的嘴，尾巴在水面温柔摆动
没有一丝恐惧
我的双眼被恋爱紧钉在水面
你说，鱼儿相爱了它们真的相爱了
任何事物都不会在爱之外存在
鱼儿也不例外
但我不相信上帝也会妒忌爱情
我找遍了草丛、鱼池、天空
没有它们的踪影
我蹲在鱼池边流着鱼的眼泪
反复数着鱼、影子、星星……
寻找那个偷爱的人

苦瓜哲学

你错过了春天的破地而出却在初夏长出嫩芽
你也不知道我为何每天将你期盼硕果累累的丰盈
嫩绿的枝蔓昂首迎接阳光的牵引向上
四月少年的心事哟，如一条平静而又蔓延的瓜藤
在那个清晨宁静的鸟鸣中拾起一串串惊喜
是在你不经意中已瓜熟蒂落

去到水中是大海的心愿

上帝把大地安置在水上
我来自水中，带着闪亮的头颅
岁月的沧桑让我变得越来越暗淡
我从水里看到了黑暗与光明、出现与消失
一滴水的疯狂是一颗心的疯狂
一滴水的平静是一颗心的平静
平静让你看到了浮躁、惶恐和不安
平静让你看清了事物的本质
它是一面镜子，照耀着每颗蠢蠢欲动的心
照亮着你我的归去，去到水中是大海的心愿

神的代言者

虚静的天堂

你成为上帝的仆人

吟诵着造物主的诗篇

颂赞着神的公义与律法永存

歌颂着神的恩典与慈爱

你的微笑如黑夜的星光照亮着天堂与地狱

你的言语如山泉滋润着胸膛与心灵是何等甘美

你拯救的诗句捞取一个个落水的灵魂

驱赶黑夜与魔鬼

鞭策着死而复生的万物

就像一柄所向披靡的剑

罪恶就像残渣一样掉落，荆棘一样倒下

在你跟前倒下的，会在夜晚亮起一盏盏明灯

我欣然接受

我欣然地接受着每件事物
任何事物没有美丑、善恶之分
只有开始与结束，而这一切是必然的
我欣然地接受着每一天的到来
不管是痛苦还是快乐，得到还是失去
那只是一种感觉而已
因为生命的真正意义是体验与浏览
我欣然地接受着我自己
明知越执着就越痛苦，越抗拒就越强烈
这本身就是人的本性，没有对错，也没好坏之分
它是一种情绪的升起或降落
如同失重的天平，调整了就平衡了
我允许我一切的外在表象
只因我内心充满着坦诚、善良与爱

人人都可以成为诗人

生活处处都是诗，人人都可以成为诗人
生命本是一首荡气回肠的诗
每个字词或段落都是你生命的一个个注释
从一滴乌黑的墨水里能畅说你光辉的一生
从一个悠扬的笛音里能唤起你美好童年的无尽怀想
从一缕缕的青烟里能看到那高耸的无限乡愁
能进入你思想的都具有灵性与生命力
尽管它们质朴无华，默默无闻
它们仍然是那么真实、谦卑地活着
生活处处都是诗，人人都可以成为诗人
诗歌的缺失是人类语言产生与发展的缺失
它如同人们所需的空气与水
诗歌本来就质朴、生动而又真实
无需过多的华丽辞藻与空洞的动词
如同裸露的真理才是最美丽的

灵魂的表现形式

我透过玻璃注视着对面房子的墙
那红色的墙燃烧着四季
很久没见人出入，或从未有人居住
我目不转睛地盯着它，直到你从里面走出来
我知道，你的痛苦因爱而来
每当午夜时分，你静悄悄将我唤醒或进入睡梦
此时，灵魂如同从水底跃出水面的鱼

你是那面镜

我出生时你就来到了
一直藏在我的身体里
你是天国的精灵在我肉体里日夜鸣唱
你是我生命的保护神
千变万化因人而异
你是光明的化身
又是黑暗的形体
在神秘而神奇的力量安排或操纵下驱使我
走向远方或摒弃生命
你是先知者也是预言家
你说，为了尘世那稍纵即逝的财富与荣誉
丢失性命这是必然的
你说，我们今天走到这个地步也是必然的
你是那面镜
既照到天国又照到尘世

磨难修空心

一棵树它想成为参天大树
一个人他想成为功成名就的人
远方的阳光停歇在崎岖山路的半腰
无限的美景让你忘却了昔日的生死疲劳
当你艰辛地攀过一座陡峭的悬崖
当你死里逃生般一样经过杂草丛生的沼泽
惊魂未定的灵魂却在远方引颈高歌
跌倒爬起，且行且远的背影出现一道绚烂的风景
磨难让人强大内心，磨难让人脆弱尘世的自己
磨难将一个人的心修空，仿佛黑夜般平静，白日般光明

一个人只能成为自己

每只鸟都有它鸣唱的歌声
每朵花都有它盛开的美丽
每个人都是独立的个体
不要模仿他人，把自己藏在束缚、压抑里
然而，失去了生长的方向，最终成为奇形怪状
你永远只能成为你自己，正如你独特的指纹
若你能远离虚荣与虚伪
你就能接近公义与真理
你就能成为一个真正的人，成为你自己
若你能习惯独处与孤独
你就能成为一个真正自由的人

世间没有你我，只有我一个人

微风吹过水面那抹晚霞的新娘的颜容

鸟儿掠过村庄那棵槐树嫩绿的发光的叶片

我的心停泊在翠绿的掌心被清风吹拂得柔和而又迷醉

你说，你要去一个地方，我要去一个地方

而你我只有一个目的地

不管从哪个入口进入，最终还是在那里相聚

你说，你有你的爱，我有我的情

其实我们爱的是同一个人

为何我们不见面也从不停息战争

难道真是不共戴天的仇人，而你我本是同一个人

不管是恨还是爱，它们居住在一起，同居地球村

世间没有你我，只有我一个人

在黑夜上帝的敲门声中醒来

如果让你拥有整个世界，无须过分高兴
如果让你失去整个世界，不必痛不欲生
那一切都会过去的
而一切泡影都会在瞬间消失
当你清醒地看到你安静地躺下死去
那一定活在自由自在的世界
你这一生只是在上帝的臂弯睡了一个白天
而在黑夜上帝的敲门声中醒来

气球上升时为何一直在下降

你犹如一只吹大的气球
当批评的言语像针头一样扎在身上
你就会慢慢泄气甚至一蹶不振
当赞美的言辞继续快乐着吹大躯体
你就会迅速爆炸成碎片
你呀——
大得很渺小
坚强得很脆弱
上升时一直还在下降

梦在降落成为根的火车

孔雀膨胀的身体出现在我眼前
炫耀着五颜六色的羽毛在阳光下嬉戏
知了紧紧贴着树枝藏在绿色的掌心里
扯着嘹亮的号子在中午时分把我拉进梦乡
梦在上升，我看到我走进五彩缤纷的天堂
踩着开屏的羽毛，在上帝圣歌的旋律中旋转
我乘着神赐予的那朵云彩，在飘渺的宇宙穿行
飘越高山、海洋还有我美丽的村庄
我见到了我变成了一滴水从天空飘落到那棵蝉鸣的树叶
不断地滑落到那块黑色的土地上
梦在降落，降落到那棵树的根底

死于黑夜

世界以怎样的速度在变化呢
我们无法知道，已经无法追赶上
世界已经是五颜六色了，还要变成什么颜色呢
我们无法想象，已经眼花缭乱了
跟随的人们啊，请平静啊平静
保持一颗宁静的心，以不变应万变
只因我们生于这黑夜，看到的世界都是有色的
只有我们死于这黑夜，看到的世界才是白色的

要在黑暗之上去看到至高的光

世界本来是没有的，它的存在源自于空
我们本来也是没有的，我们的存在属于虚无
而我们来自于空，也归宿于空
而世界所有的一切都依靠生命的气息存在而存在
无论你多么渺小或伟大
你的内心多么潮湿或阴暗
只要你的灵魂倘若还有一息纯净的气息
你就一定要凌驾于黑暗之上看到光
或至高的光

如上帝的眼睛照耀着万物

人子啊，你若能控制你的思想——
就能解除一切忧愁而走向快乐
人子啊，你若能摆脱你的思想——
就能解脱一切束缚奔向自由
人子啊，你若能摒弃盘踞心中的所有欲望
无欲则平静，方可达到远方
也许你能，也许你不能
假如有一天，你的智慧、感知、思想全部静止了
那么，你就已经达到了一种至高无上的境界了
那么，只有生于死亡中永生，在永生中光芒四射
如上帝的眼睛照耀着万物

我们离自己的眼睛太近

当世界畅饮着血腥的战争，饱食着死亡与毁灭
我们的欲望将要承担巨大的痛苦与灾难
我们将在欲望中不断迷失，盲目走在路上
我们从来都不知道自己要什么或不要什么
我们只会在盲目中渴望，在渴望中盲目
我知道很多人的心扉，从不知道自己是谁
他们宁愿走向任何一个地方，也不愿走近自己
也许，我们离自己的眼睛太近，总是看不见自己
我们总是把眼光投向许多光怪陆离的事物
我们又从他们身边走过，从流血的战场上归来
我们疲惫地走近了自己
就像走近一对亲密的兄弟、敌人与战友

你笑笑它就过去了

一个人如果能在自我解嘲中走过一生，将是快乐自由的人
一个人如果能笑着在他人的讥嘲中走过一生，将是具有伟大人格的人
人生本就是一场讥笑话剧，你笑笑它就过去了
人类却是一场永不停息的战争
不是我在刀光剑影中倒下，就是我在枪林弹雨中死亡
那笑到最后的只有神灵
当刀剑顶着你的胸口，你一定感到痛吧
痛多了，麻木了就好了
人要是在痛苦中痛苦地活着，只有痛苦
人只有在痛苦中快乐地死亡，才能永生
请用你的双手捂紧那疼痛的胸口吧
一声不吭地将它像种子一样埋藏在体内
让它长出春天般的微笑、喜悦与宽容

寻找你，千年的兄弟姐妹

寻找你，千年的兄弟姐妹
带着浑身尘土，在浴火重生
你来自宇宙，来自西子湖畔
你的足迹踏遍祖国的大江南北
今夜的风吹不走你今生的光辉
吹不走这千年的思念
寻找你，千年的兄弟姐妹
你来自天堂
喜悦在这千年的水草里绽放
梦想在你自信的天空展翅飞扬
爱，燃烧你心中火焰点亮夜幕
燃起一首首赞歌唱响红日
寻找你，千年的兄弟姐妹
从死亡谷，从地球那边而来

站着的已经坐下，坐下的已经站立
像一个巨人朝着喷薄的日出奔跑而来

2013.3.13于杭州

先生来了

五月的北京，还有点冷

但她已山水复苏、万紫千红

多少梦在叶片间、在空气里，向我们招手、慰问

多少爱和责任，在我们的心头如百鸟婉鸣

然而我们来了，从流水线上来

从一砖一瓦里来，从硬茧和汗水的味道里

带着五湖四海的辛劳，我们来了

那昔日的陌生，其实早已变得熟悉

因为我们拥有同样的阳光、雨露和春风

我们拥有同样的迷茫、挣扎与苦痛

我们在各自的脚手架上，攀登、竞技、失败与成功

我们曾经惊恐、羡慕，渴望鲜花和掌声

虽然秋风横扫落叶又归于严冬

但现在，我们平静，波澜不惊

因为每一颗种子要在泥土里发芽

因为春天，总在那里等待